Mine de rien, la vie des petits est une aventure passionnante, riche en premières fois, en découvertes, en sentiments souvent intenses. La collection Mine de rien les accompagne, s'adresse aux enfants, à leurs parents et aux adultes référents qui les entourent. À travers les dessins de ®obin, si alertes et tendres, elle met en scène des situations de la vie quotidienne, au plus près des enfants.

Catherine Dolto, accompagnée de son éditrice complice, Colline Faure-Poirée, apporte son savoir unique dans le domaine de l'enfance, elle apparaît en fin d'ouvrage sous les traits de Dr Cat et s'adresse aux enfants, comme si elle était, en face-à-face, dans son cabinet de médecin. Elle pose des mots sur ce qui agite le monde des petits, sur ce qui les trouble et les inquiète. Elle aime dire: «quand on comprend mieux, on grandit mieux.»

MINE DE RIEN

Docteur Catherine Dolto
Colline Faure-Poirée

Changer de pays

Illustrations de Robin

Gallimard Jeunesse Giboulées

Dans mon école, il y a des nouveaux qui sont venus de pays très lointains qu'on ne connaissait pas. La maîtresse a eu l'idée de leur demander de nous raconter leur voyage. Hier, c'est Jamila qui a commencé, elle vient du Yémen.

On s'est tous installés autour d'elle. Au début, la maîtresse lui a posé des questions et l'a aidée à répondre parce qu'elle ne parle pas encore très bien français.

Jamila avait apporté des photos de sa maison, de son village, de ses amis et de son chien. Elle a un peu pleuré en nous les montrant. Son pays, le Yémen, est au Moyen-Orient, on l'a vu sur la carte.

MER MÉDITERRANÉE
IRAN
ÉGYPTE
ARABIE SAOUDITE
MER ROUGE
YÉMEN
SOUDAN
ÉTHIOPIE
OCÉAN INDIEN

Il est si beau, le pays de Jamila, on y voit des maisons et des animaux différents des nôtres, comme les chameaux. Mais il y a aussi la guerre. Sa maison, son école, son village ont été détruits. Ses parents n'avaient plus de travail, la vie devenait très dangereuse. Toute la famille s'est réunie et ils ont décidé de partir pour la France, pour retrouver un oncle qui y vit et pourrait les accueillir. Tout le monde pleurait.

Il a fallu choisir ce qu'on emportait, Jamila a pris sa poupée, et son petit frère Jaden, son doudou. Ils ont dit au revoir à tous ceux qui restaient, ils sont partis jusqu'au bord de la mer et ils sont montés sur un bateau où il y avait déjà plein de gens, venus d'autres pays, qui parlaient des langues différentes.

Le voyage a duré très longtemps, il y avait du soleil et du vent, tout le monde était serré et les grandes personnes étaient énervées. Jamila et Jaden avaient le mal de mer, ils n'avaient pas faim, et heureusement, parce qu'il n'y avait pas beaucoup à manger.

Quand ils sont arrivés à Marseille, tout le monde était très content, ils ont retrouvé leur oncle qui les a emmenés dans notre ville où il a son restaurant. Jamila et Jaden ont eu beaucoup de chance, ils ont eu le droit de rester et d'aller très vite à l'école.

Au début, dans la cour de l'école, c'était très difficile, ils restaient tous les deux dans un coin, comme s'ils voulaient se faire tout petits. On ne pouvait pas parler avec eux parce qu'ils ne parlaient pas le français, mais on pouvait se faire des gestes, des sourires et bientôt avoir des fous rires ensemble. Ça nous a rapprochés.

Très vite, on a vu qu'on jouait aux mêmes jeux, chez eux et chez nous. Jaden sait très bien imiter les gens et ça nous fait rire. Jamila sait fabriquer plein de choses avec ses mains et elle chante très bien, comme ça on peut échanger des chansons et des poèmes de nos pays. Déjà, ils se font très bien comprendre et ils comprennent tout ce qu'on dit. Bonjour se dit *sabah il-khayr* en yéménite.

Quand on sort avec eux dans la rue, il y a des gens qui les regardent bizarrement, ça nous rend tristes pour eux. Il y a même des gens qui disent des choses désagréables. La maîtresse dit que nous sommes tous égaux et que c'est du racisme. Nous, ça nous fâche, parce que ce sont des amis et qu'on les sent comme nous.

Parfois, ils ont l'air très tristes, peut-être qu'ils pensent à leur pays et à ceux qui sont restés là-bas ? Alors on leur propose un jeu ou de passer du temps ensemble, on essaie de les consoler en leur faisant sentir que chez nous, c'est aussi chez eux.

Les mots du

Dr Cat

Jamila, 7 ans, et Jaden, 4 ans, sont des enfants yéménites. Ils ont dû quitter leur pays à cause de la guerre. Leurs parents ont choisi de venir en France.

« Ton docteur et ta maîtresse m'ont demandé de te recevoir, ils pensent que, malgré ton sourire et tes bonnes notes, tu es par moments très malheureuse. Ils disent que tu te refermes comme une petite huître, tu ne veux parler à personne. Il paraît que tu as même été très désagréable avec Tom qui est ton ami depuis que tu es arrivée en France. Tes parents sont d'accord pour que je te reçoive et je vais les rencontrer. En attendant, nous pouvons réfléchir ensemble à ce qui t'arrive. Je me demande si tu n'es pas simplement prise dans un énorme chagrin. Tu te souviens de tous ceux que tu as laissés dans ton pays, ta famille, tes amis, ils te manquent tellement que tu ne te sens pas bien ici, même avec tes nouveaux amis. Peut-être que tu te dis que tu n'as pas le droit d'être heureuse ici pendant qu'eux sont restés là-bas, si loin ? Tu voudrais que la vie ici soit moins difficile pour tes parents, tu sens qu'ils souffrent, tu voudrais les aider ? Tu vas voir qu'en en parlant tout cela va prendre une autre place dans ton cœur, tu n'oublieras rien ni personne, et tu pourras vivre ici avec la paix dans ton cœur. »

Gallimard Jeunesse Giboulées
Sous la direction de Colline Faure-Poirée et Hélène Quinquin
Édition Sofia Cloès • Conception graphique Christophe Hermellin
Loi n° 49-956 du 16 juillet 1949 sur les publications destinées à la jeunesse

ISBN: 978-2-07-512736-3
Numéro d'édition: 350084
Dépôt légal: avril 2020
Imprimé en France par Pollina - 93244B

PEFC 10-31-2065